KB260637

손민수 시집

삶의 그림자

이종승 作 〈Chaos-trace 11〉

한누리미디어

국립중앙도서관 출판시도서목록(CIP)

삶의 그림자 : 손민수 시집 / 손민수. -- 서울 : 한누리미디어, 2012
 p. ;   cm

ISBN 978-89-7969-428-4 03810 : ₩13000

한국 현대시 [韓國 現代詩]

811.7-KDC5
895.715-DDC21   CIP2012003691

손민수

- 서울 성동 출생
- 성균관대학교 경영학과 수료
- 『신문예』 신인상으로 등단
- 한국문인협회 회원
- 국제펜클럽 한국본부 회원
- '송파시' 동인회 회장
- 좋은문학상 본상 수상
- 제11회 한국문학예술대상 수상(2005)
- 시집《아버지의 기도》(한누리미디어, 2007)
     《아버지의 땅》(한누리미디어, 2009)
- 중앙농협은행 이사

세 번째 시집
《삶의 그림자》를 상재하며

시(詩)를 쓴 지 어언 십여 년, 세 번째 시집을 상재하면서 송파문화원 시창작반에서의 첫 수업이 생각난다. '시를 삶처럼, 삶을 시처럼'으로 열강하시던 선생님과 귀 기울여 듣던 사람들을 보았을 때, 내겐 겉도는 말씀들이 저들을 저토록 행복하게 해 주는 것일까 궁금했었다. 옆 사람의 숨소리마저 들릴 듯한 긴장과 정적의 그 순간이야말로 오늘날 내 삶의 방향을 돌려놓는 획기적인 계기가 되었다. 그리고 시가 우리의 일상과는 손바닥과 손등의 관계처럼 붙어있다는 것을 짐작할 수 있었다.

그 후 '시란 한 마디로 우러난 노래'라는 사실에 점차 눈 뜨게 되었다. 시는 손등에 숨어 있던 삶을 하나씩 꺼내 손바닥에 펼쳐놓는 일인데 눈이 아닌 가슴 속에 걸려든 것이라는 점이다. 잘 사는 일이 오직 경제에 달렸다고 생각하고 평생 그쪽으로만 바라보고 신명나게 달렸으니 낯선 곳에서 무슨 판을 벌릴 수 있었겠는가. 처음엔 망설이고 주저하고 돌아서기를 반복했다. 그러나 그때 이미 나는 가요로 불려지고 있는 〈설악산아 말해다오〉의 작사가

가 아니었던가. 나는 나를 표현해야만 하는 감성을 점지 받은 운명이었던 셈이다.

점차 시간이 흐르면서 나는 스스로 생각을 모아 글로 바꾸는 재미에 푹 빠져들었던 것 같다. 어쨌든 지금은 내 삶의 전반부와 후반부가 너무나 뚜렷한 대조를 이루며 서로 상호보완하고 있는 내 인생에 감사를 드리지 않을 수 없다. 지난날 아버지들이 그렇듯이 가족에게 표현 부족으로 빚은 오해와 갈등을 이해와 화해로 풀어내는 데는 첫 시집《아버지의 기도》가 한 몫을 했다. 첫 시집은 거의 가족들(아들, 딸 그리고 손주들)에게 보내는 편지글과도 같이 닫았던 가슴 속을 활짝 열어 보였기 때문이다. 가장으로 품에 있는 내 가족뿐 아니라 이미 세상을 뜨신 아버지, 어머니께도 아쉬운 회한을 정리할 수 있었다.

이제 세 번째 시집인《삶의 그림자》에서는 두 번째 시집《아버지의 땅》에서 세상을 향해 열어가던 생각을 좀 더 넓고 깊게, 그러나 말 수(數)보다는 말의 표정과 말의 몸짓으로 보여주고자 말을 좀 간추렸다. 무엇이든 상대를 모를 때 용기가 앞서지만 조금씩 본질을 알아가기란 더 힘들다. 소일삼아 취미로 시작한 일인데 해가 더해질수록 꼼짝없이 시 속에 갇혀 헤매었다. 내 속에 꿈틀거리는 그 무엇을 마주보기 위하여, 늦깎이였지만 끊임없이 생각을 짜내고 쓰는 고통을 멈추지 않았다.

지나간 십 년은 '시를 삶처럼, 삶을 시처럼'을 염두에 두고 나름대로 노력하고 실행하면서 살아온 세월이다. 그리고 이제 정말 잘 사는 길을 정립한 것 같다. 줄곧 넓은 들판만 바라보았다면 높은 산을 지나칠 수 있었다. 세상의 한 쪽 얼굴만 알고 가는 지극히 단순한 생을 살아왔을 것이다. 그간 내 삶의 편린들은 기록으로 남아 개인사적 자취를 남긴 것이니 내가 한 일 중에서도 가장 보람 있는 일이다.

창 밖으로는 연일 장맛비가 계속되는데 내 가슴 속은 햇빛 든 듯 환해진다. 세 번째 시집 《삶의 그림자》를 상재하기까지 시를 공부하면서 얻은 상상의 힘인가.

인생에서 누군가와의 만남은 참 중요하다. 내게 시를 공부할 수 있도록 권유한 동생과 성심을 다해 지도해 주신 김현숙 선생님, 그리고 시로 인연 지은 사람들과 만물에게 감사드린다. 앞으로도 누군가에게 좋은 사람이 되며 이전보다도 한층 더 베푸는 사람으로 살 것이다. 오십 년을 동고동락해 온 아내에게는 '고맙다' 대신 '사랑한다' 는 말을 바치면서 이 책이 빛나도록 그림으로 도와주신 이종승 화백과 더욱 아름다운 시집으로 엮어주신 한누리미디어 김재엽 사장님께도 깊이 감사드린다.

2012년 성하(盛夏)의 달에

시인 손민수

제 **2** 부

삶

차례 Contents

제**3**부

사랑

제4부

자연

차례 Contents

제5부

고_향

존재

길

아득한 지평선을 보며
누군가 처음 풀밭을 건너갔고
뒤를 이은 발자국들이
오솔길을 냈다

산봉우리를 넘나드는 구름을 따라
누군가 처음 산을 넘어갔고
그렇게 쌓여진 발자국들이
산길을 냈다

삶도 그러했다
늘 멀리서 손짓했기에
강물을 건너고
벼랑을 탔다

보이지 않는 얼굴
아직도 그리움이 부르니
어제는 오솔길
오늘은 산길을 걷는다

목숨

누가 등을 떠민 것도 아닌데
강물은 쉼없이 흘러가고
누가 시킨 것도 아닌데
바다는 수시로 몸을 흔든다

흥이 겨울 때
사람들은 제자리에서 일어나
한바탕 춤을 추고
신나게 노래를 한다

병상에 묵인 몸이라도
마음과 머리 속에는
강물처럼 생각이 흐르고
바다처럼 생각이 파도친다

살아있다는 건
강물처럼 흘러가는 것
바다처럼 출렁이는 것
한 순간도 멈출 수 없다

이종승 作 〈Chaos-trace〉

마중물

집에는 넘쳐나는 게 물인데
바깥에서 종종걸음인 당신은
늘 목이 마릅니다
거리에는 널린 게 차들인데
골목에서 종종걸음인 당신은
늘 목이 마릅니다
한 달에 한 번이나 두 번
나는 당신을 기다립니다
어떤 사연도 알려고 하지는 않고
아무 말도 하지도 않고
바싹 탄 당신 목을 적셔주려고
나는 비록 힘이 적지만
나보다 더 힘센 물을 이끌고
순하게 기다리는 마중물입니다

시인에게

너는 한 포기 풀
네 가슴은
너른 들판에서 뛰논다

너는 한 그루 나무
너를 품어주는
높은 산이 있다

너는 한 마리 새
네 머리 위
푸른 하늘이 있다

너는 한 줄기 강물
네 꿈은
먼 바다로 흐른다

도자기

황진이가 이러했으랴
희다 못해 푸른 옥빛
미끈한 살결
꽃을 꽂지 않아도 꽂인
그대는
무엇을 위해
속을 비워 두었는가
사랑인가
권세인가
돈인가
그 무엇도 허무함을
일찍 깨우쳤는가
쓰다듬고 말을 붙여도
소리가 없다

겨우살이

담벼락 위 도둑고양이와
눈이 마주쳤다
포근하게 푹 잠들었던 나와
영하 속을 떠돌며 밤새웠을 너와

동네 한 바퀴
돌아보는 아침
그 고양이 담벼락에 붙어
마른 풀줄기를 뜯고 있다

날렵하고 잽싼 너도
겨울에 일자리 잃은 백수
차라리 겨울에 한 풀 숨죽이고
봄에 뛰쳐 나오는 저 풀이 나을까

큰 길 입구에
붕어빵 비닐가게 한 채도
밤새 떨다가
겨우 잠에 떨어졌다

귀 빠진 날

길 가다
모퉁이어서
갓 피어난 철쭉과 눈 마주친다
어제까지도 거기 있었는지도 몰랐다
철쭉이란 이름으로 뿌리를 내렸어도
한동안 주목을 받지 못했다
그렇다면 저 철쭉의 생일은
자기를 가장 잘 알리는
꽃으로 설 때가 아니겠는가
그냥저냥 무심히 지나치던
누구에 의해서 존재를 드러내는 일
진정 나의 귀 빠진 날은 언제였나
해마다 한 번 미역국을 먹으며
미역 그릇 수만큼 나이를 먹었지만
이 세상에 나는 누구로 왔는가

봄이면 어김없이 오는
저 꽃과 같은 한 얼굴이
내게 있는가

거미

몸으로 물레를 자아
한 벌의 날개옷을 걸쳤지만
빛나는 해를 향해
날을 수는 없고
다만 공중에 걸쳐 있다

환한 대낮에
맘껏 날으는 것들
속임수에 걸려들기를
나는 날지 못하니
너의 날개를 가두리라

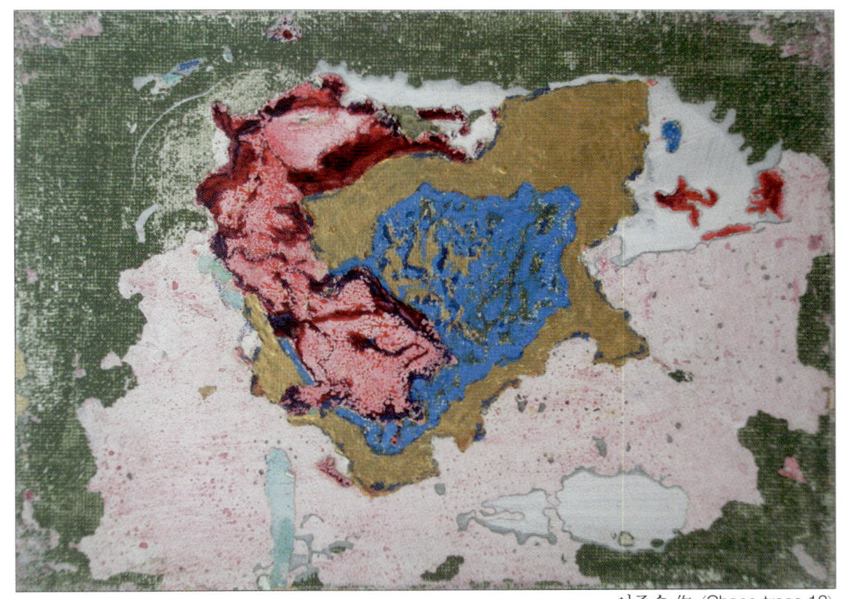

이종승 作 〈Chaos-trace 12〉

슬픔

네 곁에는
따스한 점심과
들꽃차 한 잔의 여유가 놓였어도
네 눈빛은
지나온 겨울의 빙판길과
타는 목마름의 그림자를 드리운다
놓친 것들을 다시 불러들일
시간의 주머니가 네겐 없다
너는 웃으며 오늘을 말하지만
속에 섞이는 그제의 눈물을
다 털어내지 못한다
오늘 너의 배부름은
너의 굶주림에서 태어난 얼굴
또 한 줄의 말을 삼킨다

빗장

집 안에
빗장은 얼마나 될까
대문부터 시작해서 현관
그리고 안방, 건넌방
그러나 잠근 빗장을 열면
어디든 들어갈 수 있다

식구들이 나 몰래
잠근 빗장은 얼마나 될까
녹슨 빗장은 열릴까
언제부터 알 수 없는
굳게 닫힌 맘
언제든 들어갈 수 없다

사진

어느 모임이나 행사장에 갔던
그 날의 나를
누군가의 시선이 재빨리 덮쳤다
한 장의 사진 속에 찍힌
누군가의 언저리에서
모두를 따라 웃고 있다
이 사람이 나?
다른 한 장에서는
그곳 분위기와는 사뭇 다른
나의 그때 속사정이
숨김 없이 드러나 있다
곁의 누군가의 주문에 따라
우연히 끼어들게 된 순간은
나와 무관하게 한참동안
남의 손에 잡혀 있을 것이다

이종승 作 〈Chaos-trace 14〉

정류장에서

올 만큼 왔는데
여기까지 까마득한 길을 왔는데
차를 기다릴 때마다 궁금하다
나는 어디서 왔으며
어디로 얼마큼 가야 하는지

눈을 똑바로 뜨고 보면
원하는 건 늘 저만치 있고
그래서 늘 허둥지둥 바빴지만
원하는 곳에서는 순간에도
그 뒷켠에
가야 할 길이 아득히 보였다

지금까지
언제 어떤 길로 출발했든

종착지인 집으로 꼬박 돌아왔지만
매일 사방으로 뻗어 있는
우리집도 하나의 정류장은 아닌가

물

식후에
한 잔의 커피
밥과 커피 속에 물은
몸을 덥혀 준다

꽃밭 속의 꽃들
산책길의 나무들
꽃과 나무 속에 물은
더운 생각을 식혀 준다

물은 제대로 쓰일 때는
한없이 살가운 벗이지만
넘쳐서 홍수가 되고
모자라서 가뭄이 된다

물이 제 길을 가도록
흐름을 막지는 말고
물이 제멋대로 넘치도록
부추기지도 말자

인사동에서

화가들의 그림과
온갖 공예품이
펼쳐진 거리 어디서나
"자네 오랜만일세" 하면서
우리를 손짓합니다

외국인들도 찾아와
활짝 열어놓은 눈과 귀에
볼거리를 잔뜩 담습니다
눈요기 사이 사이에
먹거리도 놓치지 않습니다

이 골목은
'온고지신' 을 지켜가는
우리의 얼이 깃든 곳입니다
면면히 흘러가는
한국인 숨결이 있습니다

이종승 作 〈Chaos-trace 15〉

봄을 기다리며

눈 속에서 기다리는
새싹같이
혹은 꽃눈같이

봄볕 같은 그대를
만나기 위해
기다리고 있습니다

아무도 말릴 수 없는
봄이 찾아오면
꽃들이 하하 호호 웃듯이

얼었던 시냇물 저절로 풀어지듯
눈 덮인 가슴도 언제 그랬냐는 듯
빨간 꽃 노란 꽃으로 뒤덮이겠지요

서울의 낙타

숨이 턱에 받치는
끓는 여름의 거리에
포장마차를 세우고
떡볶이며 오뎅을 끓인다
쉴 새 없이 타오르는 불꽃
열풍 속에서
손발은 익어가며
현재는 숨막히게 화끈거린다

푸른 숲이 아닌
사막이 삶터이기에
가시 돋힌 선인장을 씹어야만
낙타는 연명할 수 있고
발바닥이 타는
모래길을 걸을 수 있다
땀 범벅의 일상 어디쯤에서
새 길은 열리려나

이종승 作 〈Chaos-trace 1〉

신호등

건너편 신호등의 빨간불을 보며
걸음을 멈춘다
아무리 급해도
파란불이 켜질 때까지는
함부로 건너갈 수 없다
살다 보면 남이 눈치 못 채는
보이지 않는 신호등도 많다
누가 보고 있지 않더라도
스스로 발을 멈추어
때를 기다려야 하는
너와 나 사이에
말없이 켜 놓은 신호등
이런 저런 약속을 살펴 보며
오늘도 조심스레 길을 걷는다

하나씩 간추리다

병원에서 며칠
빈 몸으로 지내다가
퇴원 후 집에 오니
그간 손길 한 번 안 간 것들
눈길조차 주지 않았던 것들
무엇이 그렇게도 많은지

살아오면서
바꿀 건 바꾸고
추릴 건 추렸다 싶었는데도
다만 버리기 아까워서
그냥 붙여둔 것들이
아직 너무 많다

빈 몸으로 와서

세상에 널린 것들을
하나 둘 끌어들여
내 것 늘리는 재미가 쏠쏠하겠지만
갈 때 무겁지 않게
제 때에 버릴 건 버려야지

손

일을 저지른 손은 옴츠린다

선물을 받는 손은 공손하다

누군가를 때린 손은 씩씩거린다

답안지를 베낀 손은 부들부들 떤다

집짓는 손은 튼튼하다

노는 손은 빈둥거린다

도박을 일삼는 손은 뻔뻔하다

밥하는 손은 촉촉하다

수리하는 손은 꼼꼼하다

먹는 손은 바쁘다

종일 두 손 척척 맞추다가

잠깐씩 쉴 때, 두 손을 내려놓는다

후회

계속 일기예보가 잇달았지만
이렇게 추운 날씨가
손발을 묶어 놓을 줄 몰랐다
푸른 이내 속에
살구꽃 오얏꽃 하늘거리던 동네
푸른 치맛자락을 날리며
맘껏 달리던 강물도
자취를 감추었다
늘 그대로인 줄 알았다
우리는 두 눈을 활짝 뜨고도
좋은 시절이 휙휙 지나갈 때
그 얼굴을 자세히 보지 않는다
저만치 등 돌리고 난 후에야
겨우 속눈을 뜬다

개

하얀 몸에 검은 점이 있는
나는 예쁜 바둑입니다
강남에는 누렁이가 있고
강북에는 검둥이가 있고
어디서건 꼬리만 흔들면
아이들은 부리나케 달려옵니다
모두 맛있는 걸 쥐어주며
나를 유혹합니다
먹이도 제 각각 다르고
머리를 쓰다듬거나 등을 두드리거나
손맛도 다 다릅니다
그 곳에서 살 때
밥이든 죽이든 주는 대로 먹고
수없이 빈 밤을 혼자 지켰습니다
언젠가 나는 문 밖을 나와

자유로에 서 있습니다
오늘 하루도 분주하게 떠돌겠지요
알 수 없는 내일에 몸을 맡기겠지요
내 운명이 문 밖에 있나 봅니다

이종승 作〈Chaos-trace 16〉

분수

낮은 곳으로
더 낮은 곳으로
몸을 숙이며 가던 물
고개를 들고
하늘로 솟구친다
뛰어오르기도 하고
잔바람에 날갯짓도 한다

낮은 곳으로
더 낮은 곳으로
주어진 길로 갈 수도 있었다
그러나 단 한 번이라도
고개 들어 하늘을 보는 일
높이뛰기 하는 일
오직 자신의 선택이었다

양평일기·1

매운탕으로 몸을 데우며
나는 지난 겨울을 돌아보는데
너는 봄을 기다리는 눈치다
누가 창문을 두드리는지
바람은 가끔 손을 내저으며
괜히 샘을 부린다
하얗게 속 뒤집힌 물결이
물고기처럼 강을 거슬러 오른다

샘바람이 성깔을 부려도
나무들은 푸른 입김을 내뿜고
꽃망울은 부풀고 있다
오는 봄을 누가 막겠는가
매운탕 국물이 퍼지는지
온몸이 근질근질해진다
산천에 꽃들이 자지러질 때쯤
아마 나의 몸꽃도 터질 것 같다

제주에서

바다 하나를 건너와서 그런가
노을이 지는 이 시간에
갑자기 아내가 떠오르고
시집 간 딸 생각이 나더니
손녀의 재롱이 삼삼하고
잊었던 친구 생각까지 난다
늘 손에 잡힐 듯 가까운 이들이
한참 멀리 있는 듯
마구 손짓을 해댄다
내게 남은 게
결국 곁에 있는 이 사람들 아닌가
바다 하나를 다시 건너가면
햇빛 맑은 날이나
비 오고 바람 부는 날에도
내 품에 감싸 안으리
오랫동안 함께
좋은 꼴 나쁜 꼴 서로 본 사람들

이종승 作 〈Chaos-trace 7〉

동백

오늘 네가
입술로 뱉은 건
한숨이지만
온몸으로 쥐어짠 눈물

오늘 네가
발 밑에 떨어뜨린 건
눈물이지만
온 가슴으로 쥐어짠 핏물

웃는 얼굴로
추운 날들 이리 저리
끌어 덮고 살아가는 일
스스로 목숨 끊을 만큼 힘들다

이발소에서

학식이 많거나 무식하거나
지위가 높거나 낮거나
돈이 많거나 없거나
키가 크나 작으나
뚱뚱하거나 홀쭉하거나
젊거나 늙거나
한 달 또는 두어 달에 한 번씩은
그의 손아귀에 꽉 잡힐 때가 있다
머리를 통째 내맡기고
꼼짝 못한다
머리칼이 자라는 동안은
칼날같이 휘두르는
그의 가위 앞에서
맥을 못 춘다
넋을 놓고 있다가는
머리 속에 감춰 놓은 생각도
조금씩 잘려 나간다

닫힌 창문

치아처럼 촘촘한 아파트 창문들
환한 햇살 드는 아침인데
꼭꼭 닫혀 있다
저 안에서는
밖에서 불타는 가을을 모르나
산에서부터 붙은 불이
들판을 지나
바로 창문 앞까지 밀려온 것을
정말 못 보나
창문 한 번 열어보면
왈칵 방안으로 쏟아질
저 붉고 노란 가을들을
창문 닫고 애써 외면하고 있나
아니면 함께 탈까 겁내고 있나

가을 어떤 날에

잎 넓은 나무들이
오지랖 넓게 들락거리던 이 곳
모두 다 어디로 떠났나
얼마 전부터 오직 단풍나무 몇 그루
뜯들여 왔던 생애가 이제 막
천지를 활활 불태우고 있다
찬바람이 슬슬 눈치를 보며
계속 그 주위를 맴돈다
흔들어보라는 듯
나무는 더욱 새빨갛게 열을 낸다
그 불길 꼭 자신의 손으로 꺼야 할지
바람은 가끔 망설인다
품어안고 겨울을 날 수 없는지
바람의 고민도 날로 커진다

겨울산행

솔숲 사이
진달래 모닥불로 타오르던 길
우리는 함께 걸었다
떡갈나무 넙죽한 잎 아래서
땀 젖은 몸을 말리며
우리는 함께 쉬었다

이 산 저 산
불타던 가을 속에서도
우리는 함께 걸었다
떨어진 밤톨을 벗기며
이제 천금 같은 시간
더 아껴 살자며 웃었다

혼자 겨울산을 오른다

희끗희끗 눈 덮인 가지 위에서
나를 빤히 바라보는 새 한 마리
네가 보냈구나
먼저 떠난 것 미안하다고
너 대신 말 벗 삼으라는 게지

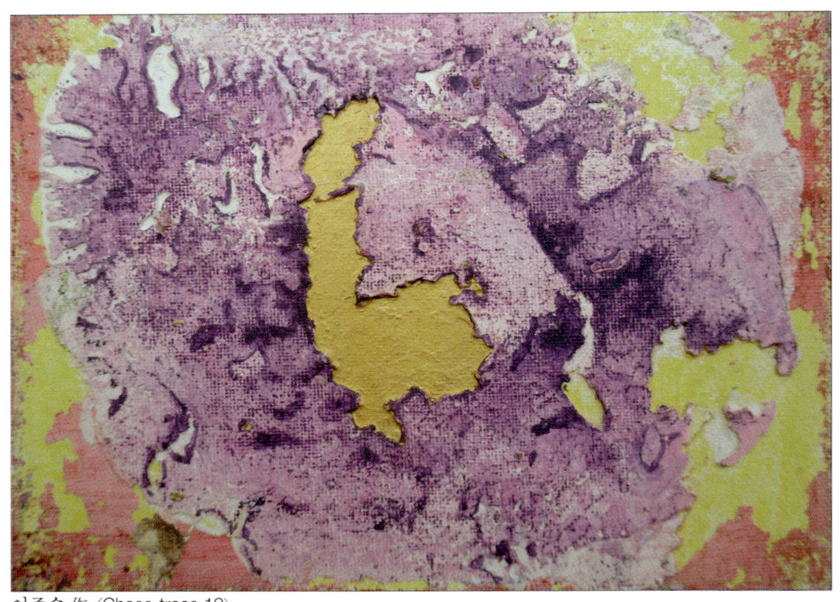

이종승 作 〈Chaos-trace 19〉

연극

오늘 하루도

회의실에서 또는 거리에서

연극하는 사람들을 만난다

말은 동쪽인데 행동은 서쪽

속셈은 까만데 표정은 하얗다

어느 장단에 춤을 출까

좋으면 좋다

싫으면 싫다고 하면

헷갈리지나 않을 텐데

웃으면서 손잡으면서

뒤통수 치고 가는 선수들

하루에도 한두 번은

맞은 뒤통수가 얼얼하다

명품

명품 옷을 걸쳤다고
명품 가방을 들었다고
사람이 명품이 될 수 있을까
옷 속에 드러난
저 울퉁불퉁한 살덩어리
가방 속에 숨겨둔
부정한 거액
가진 것을 나눌 줄 모르고
남의 것마저 가로채는 욕심
굳이 이름을 붙이자면
'명품 허수아비' 라 해둘까

이런 일이

아이가 스마트폰을 가지고 논다
화면을 바꾸면서 들여다본다
몇 살이냐고 물었더니
손가락 세 개를 세워 보인다
'애한테 폰 쓰는 걸 배워요'
할아버지인 듯 옆에서 말을 보탠다
'아이한테도 배우라' 는 옛말이 있다
어린 선생이 가르치는 세상
이렇게 바뀐 세상에 눈귀 모으지 않고
큰소리치는 노인네들
슬며시 나이가 부끄러워진다
아이가 활짝 웃으면서 바라보는
손바닥 속의 세상
신기한 요술에 잠시 빠져든다

함께

하나 둘 모두 떠나는
잡목숲의 텅 빈 가을
그 끝에 이르러서야
겨울을 함께 보낼 솔숲이 보이네
하나 둘 떠나는 사람들을
배웅하고 돌아서는
길목에
같이 걸어가는 사람들이 있네
우리가 지구 끝으로 사라지면
두 번 다시 만나지 못하리
오늘의 만남을 소중하게
내일의 약속을 아름답게
하루가 어찌 축복 아니랴

동행

너와 함께 산행을 했지만

너와 함께 강변 길을 달렸지만

너와 함께 꽃놀이를 했지만

지금은 집으로 돌아갈 때

잡았던 손을 놓는다

서로를 위해 기도했던 손

서로의 외로움을 쓰다듬던 손

서로의 티끌을 떼어주던 손

서로의 눈물을 닦아주던 손

서로의 기쁨에 박수 치던 손

우리의 동행은

처음부터 여기까지만

신(神)이 허락한 길

이름값

마을 뒷산에 올라

고개 숙이고 밤을 줍다가

아픈 고개 달래느라 고개를 들다가

단풍에 홀딱 홀려 버렸네

줍던 밤도 두고 한 발 두 발 다가서다

한 쪽 발이 풀줄기를 타고 미끄러졌네

갑자기 폭탄이 터졌네

벌통 하나 떨어져 있었던 것

동창 서넛이 어정거렸는데

벌통 밟은 건 하필이면 복자

119구급차에 실려 병원으로 직행했는데

수 십 개의 벌침을 맞고 올록볼록 부었지만

죽지 않고 살아서 돌아왔다네

"줍던 밤이나 주울 것이지"

"단풍에 홀려 가지고서"

돌아가면서 짓궂게 놀려댔지만
"너는 이제 병치레는 안 할겨"
"복 많은 년은 이름부터 달라"
부러운 눈들 하나같이 복자를 향한다

이종승 作 〈Chaos-trace 2〉

꽁초

아침에 대문 밖에서
제일 먼저 만나는 건
여기 저기 널브러진 담배꽁초다
불과 어제 밤 사이에
이 골목을 지나친 사람의 흔적이다
누구는 외로움을 뽑아내고
누구는 그리움을 지우고
누구는 슬픔을 뭉개는
또 누구는 기쁨에 들떴을지라도
어떻든 저 꽁초는
아직도 남은 혼잣말
이리 저리 피하며 걷다가도
여지없이 구둣발로 뭉갠다
왠지 뒤끝이 남는 건 지저분하다

도우미

보일러가 고장나거나
가스가 새거나
밖으로 보기에는 멀쩡해도
집 안에서 갖은 고장이 일어난다
이럴 때는 기술자의 도움 없이는
속수무책이다

바깥에서 보기에는 멀쩡해도
울고 불고
치고 박고
방 안에서 갖은 사고가 일어난다
이럴 때 부를 수 있는
도우미는 없을까

눈만 뜨면

뉴스에서 쏟아지는 사건 사고

큰 말썽 사이에

끼어드는 착한 손들

도우미가 있다는 걸

평상시에는 잊고 지낸다

꽃뱀 · 1

그녀는
꽃그늘을 떠나
거리에서 맴돈다

그녀는 저장한 번호에서
그를 뽑아낸다
그는 오늘 그녀의 밥
그녀의 방세
그녀가 지불할 카드요금이다

그녀는 출렁거리는 가슴에서
또아리 틀고 있는 꼬리를 거내
그를 칭칭 감기 시작한다
그는 가끔 숨이 막히는지
버둥거리며 빠져 나가려 하지만

얼마 못가서 흐느적거리며 뻗는
열린 지갑이다

그녀는 돌아오면서
뱀의 허물을 벗어던지고
다시 꽃이 되어
환하게 불 켜지는 집
꽃그늘 속으로 들어가 눕는다

꽃뱀·2

그녀는 빌딩숲에서
한 남자의 발 뒷꿈치를 물었다
한 장 햇살을 얇게 펴서
입술 도장을 찍어 계약서를 쓴다
화장과 매무세, 반짝이는 포장지로
속 보이지 않게
그늘을 이고 옮겨간다

남자는 그녀의 밥
월말 세금이며 방세다
그녀는 그의 집
엄동설한을 녹이는 방이다
그녀가 그의 품으로 들어오자
금방 포만감으로 가득찬다
대낮 한 방에 곯아떨어진 한 쌍의

포근한 잠을 보았는가

이 세상에서
굶주림을 모르는 자는
돌을 던져 보라

어느 날 거울 앞에서

대낮
전철 안에서나
지나치는 공원에서
젊은이들이 서로 몸을 붙안고
사랑을 속삭일 때면
젊음이 부러울 때가 있다
그저 누가 볼세라
시선 속에 살아가던 때에 비해
오늘날은 축복인지 모른다

집안에서도
아내를 덥석 덥석 안아주지 못했다
아들이고 딸이고 간에
몇 번이나 어깨를 토닥여 주었나
그 시대는 그랬다 치더라도

지금이라도 늦지 않았다
그러나 이미 늦은 것 같다
몸이 마음을 따라가지 못한다

오래 굳은 생각이나 행동은
하나의 굴레가 된다
알면서도 깨기가 어렵다
혼자 거울 앞에 서서
팔을 쭉 뻗어 본다
별로 힘들지도 않은 일인데
다만 두 팔 안이 텅 비어 있다
지금 안 걸 그때 알았더라면

가방

꿈에 친구 하나가
옆에 있는 친구를 주라며
가방 하나를 던져준다
자동문에 끼어 내게 전달된 그것
먼저 내가 들어본다
갑자기 어디서 몰려왔는지
한 무리 친구들이 뺑 둘러싸고
"그 가방 너무 멋진데" 이구동성 소리친다
나는 친구에게 전해줄 것을 잊었다
'이런 멋진 가방은 처음 보는데'
계속 가방을 들고 있다가
잠을 깨었다
그 친구 원래 속셈은 나를 준 것인지
그래서 가방을 바꾸어 보라는 것인지
옆에 친구를 준 건지

그렇다면 내가 빚을 진 건지
또 가방은 무엇을 뜻하는지
꿈을 깨고도 몽롱하기만 하다

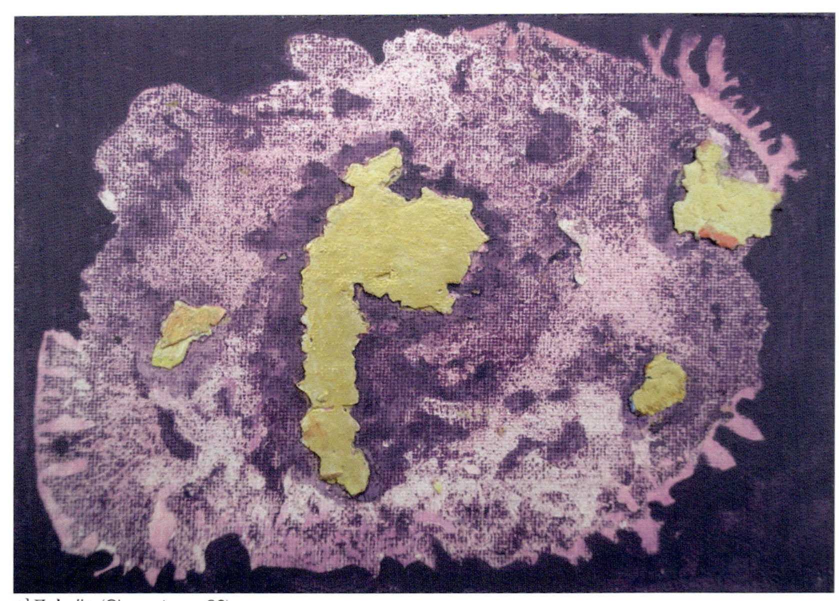

이종승 作 〈Chaos-trace 20〉

82

제 3부

사랑

백운호수/ 갯강아지풀/ 호수 앞에 서다/ 누가 부른다/ 수화/ 비 내리는 바다
구절초 연가/ 가을날 문득/ 겨울나무/ 백사장에서/ 겨울바다/ 이 세상에는/ 상대적/ 망아지, 고삐 풀리다
꽃뱀 · 3/ 벌레 먹은 장미 · 1/ 벌레 먹은 장미 · 2/ 가을산을 지나다/ 지난 여인/ 이별 후

백운호수

호수에
구름이 아니라
봄이 방문했다

물 속에는 오리 두 마리
호숫가에는 까치 세 마리
둘레길에는 두 사람씩
봄볕을 이고 거닌다

언덕에서
이들의 배경이 되어주는
연두 속잎 나무들 사이로
백목련, 개나리, 진달래
봄이 피어나고 있다

호수에
구름 한 점
그대가 떠 있다

갯강아지풀

여기까지 왔다
너와 함께
별 일 없는 하루
그 맘 하나
온몸으로 붙안고
끝 모를 파도
바다까지 왔다

부딪쳐 으깨고
하얀 피를 흘리는 바위 틈에
서 있다
어느 물길에
어느 바람의 길에든
주저하지 않는다
너와 함께 하는 삶이라서

호수 앞에 서다

몸짓이 잔잔하다고
생각이 없을 리야
낮 동안에 머리 속에는
물결이 밀려 가고 밀려 오고

심성이 고요하다고
꽃 피우지 못할 리야
새벽부터 햇살꽃은 피어올라서
저녁에는 노을꽃으로 진다

나는 호수 앞에서
때로는 꽃으로 웃고
때로는 보석으로 빛나는
그대를 가만히 들여다본다

누가 부른다

모두 다 돌아간
빈 들녘에서
내가 혼자 서 있을 때
누가 가만히 내 이름을 부른다

하산 길에서
빈 몸으로 돌아오고 있을 때
누군가 불쑥 나타난다
그 자리서 오래 기다린 것처럼

가을도 부리나케 달아나는
길 끝에서
겨울처럼 누가 오고 있다
다가와서 가만히 손을 잡는다

모두가 다 돌아가도
끝까지 돌아가지 않는
하나의 약속처럼
누가 나를 지켜본다

이종승 作 〈Chaos-trace 21〉

수화(手話)

청춘인 여자 하나, 남자 둘
쉼없이 손을 움직여
즐겁게 얘기를 나눈다
끝없는 재잘거림에도
전철 안은 고요하다
그 중 한 쌍은 커플반지를 끼었다
그들이 말을 나눌 때
두 개의 반지에서 나온 햇빛이
서로 얼굴을 부빈다
차창 밖으로는 파릇파릇한 들판
전철도 봄을 향해 달리는데
그들은 열심히 손의 춤으로
사랑과 우정의 꽃을 피운다

비 내리는 바다

그 저녁의 바닷가
노을은
비에 얼굴을 가리고

작은 섬, 큰 섬도
구겨진 얼굴
돌아앉아 있었다

해도 달도 없는 선창가에
등불을 밝히고
끝없이 기다리고 있었다

누군가
오고 있는 것 같아서
꼭 올 것 같아서

구절초 연가

이 높은 산중턱에서
딱 마주치다니
바람 속에서
이렇게 날 기다리다니

젊은 날의
사랑이여
세월이 물같이 흘렀어도
모습 그대로인 사람이여

오늘 그대를 만나러
이 자리에 왔구나
바람이 내 옷깃을 당겨
이리로 발걸음을 옮겼구나

가을날 문득

네가 있는 곳
반나절 전철을 타고
네가 오던 길을
거슬러 가고 싶다

그 동네에 가을은
개천가 갈대밭이나
길 따라 펼쳐진 느릅나무에
먼저 온다고 했던가

세상의 산과 들은
막을 수 없는 불길이 한창인데
세상과는 조금 떨어진
천천히 익어가는 가을의 숲

네 마음의
고요한 오솔길을
말없이 걸어 보고 싶다
겨울이 밀어닥치기 전에

겨울나무

내 앞에서
환한 얼굴로
소리내어 웃던 네가
언제부터 잠잠해진 걸 몰랐다

강물의 길을 떠나는 걸까
가끔은 생각난 듯
푸르게 물결치며
조용히 흘러가는 걸 몰랐다

한동안
내가 이곳 저곳 기웃거리며
낯선 재미에 빠져 있을 때
너 혼자 붉게 단풍 드는 걸 몰랐다

더 이상 어떤 말도 남기지 않고
몰래 떠나 버렸다는 걸
첫 눈 내리는 이 아침
뒤늦게 알게 되었다

이종승 作 〈Chaos-trace 22〉

백사장에서
―겨울

펼쳐진 한 장의 백지 위에
그대의 이름을 쓴다
한 번, 두 번, 세 번……
머리 풀고 달려드는 칼바람이
그대의 이름을 쥐어뜯지만
끝없이 그대의 이름을 새긴다
어디서 오는가
철썩이며 다가오는 파도
나를 찾는 너의 발자국 소리인가
누가 너를 말리기에
쫓아오다 돌아가기를 되풀이하는가
해는 설핏 모퉁이를 돌아가는데
어둠이 곧 그대 이름을 지울 텐데
나는 왜 떠나지 못하는가

겨울바다

온갖 색깔로 물들이며
삶을 완성하던 나무들의 몸부림
가을산에서 내려온 나는
겨울, 바다로 갔다
그곳에는
여름날 벗어놓고 간
사람들의 그림자만
쉴새없이 파도치고 있었다
그토록 뜨겁게 출렁거리던 그리움도
어디서 와서
어디로 갔는지도 모를
끝없이 부서지고 부서진
모래알의 기억으로
차갑게 엎드려 있었다

이 세상에는

이 세상에
많고 많은 사람들 있으나
몸을 둘러싼 햇빛처럼
보일 듯 말 듯
늘 거기 있는 사람
쩔쩔 매는 어둠 속에 헤매일 때
갑자기 달처럼 튀어나와
환하게 손 내미는 사람
또는 별처럼 깜박거리며
있는 듯 없는 듯
땅과 하늘처럼 먼 사람
누구에게나 있다

상대적

아래서 위를 쳐다보면
꽤 높은 빌딩도
건너편 빌딩에 올라보면
마주 봐 줄 만한 그런 키다
위에서 내려다보면
성냥갑만한 차들이
바로 눈 앞에서는
큰 몸을 흔들며 달려간다
어릴 때 바라보던 그 별이
점차 낮게 내려오고 있다
아득히 빛나던 그리움이
점점 흐릿해진다
저만치 그대를 세워놓고
가까이서 멀리서
나를 저울질하고 있다

이종승 作 〈Chaos-trace 3〉

망아지, 고삐 풀리다

나를 주인으로 알던 망아지였다
멀리 있어도 따뜻이 눈을 맞추고
곁에서 늘 맴돌았다

오랫동안 살붙이였던 그 망아지
어제 떠났다
함께 햇살 속을 걷고, 함께 달렸는데
고삐 풀린 망아지가 되었다

누군가의 손에 이끌려
지금 바람을 탄다고 한다
갈퀴를 휘날리며
박차고 달릴 준비를 한다고 한다

새 주인님이여

하늘 아래 같은 오늘은 없느니
내일 또 당신의 고삐를 끊고
달려 나갈지도 모른다
망아지를 가둘 수 없으니

꽃뱀 · 3
—지독한 사랑

풀밭에서
너를 만나면
덥석 물고 놓지 않으리
온몸 사시나무로 떨며
두려움으로 눈 감은 너
그리고 기다려라
나의 입술과 혀로 녹이리
네 살과 뼈 속까지 하늘하늘 허물어져
단물이 고이는 순간
세상의 수근거림쯤이야
아무도 갈라놓을 수 없는
너는 나의 운명의 포로

벌레 먹은 장미 · 1

분홍 살결
향기로운 몸은
세상의 눈길을 끌지만
지천으로 널린 풀꽃이
바람 따라 목숨을 출렁일 때도
흔들리지 않게
등뼈를 세워 중심을 잡는다

수시로 담을 넘어오는 바람
가시에 찔리면서도
건드림을 멈추지 않는다
하릴없이 얼굴에 쏘아대는
꽃들의 눈화살
세상의 헛소문도
장미의 생애를 야금야금 갉아먹는다

벌레 먹은 장미 · 2

바다에도 길이 있고
하늘에도 길이 있는데
지하철 계단 옆에
너는 발이 묶여 있다

보드레한 분홍 살결
싱그런 몸 냄새
오가는 발길 불러 모으고
나를 멈추어 세운다

풀향기 가득한 들판 떠나
기름때 묻은 거리를 떠돌다가
예까지 와서도
다른 꽃들의 시샘에 시달리는가

울타리 너머
먼 빛으로 품던 여인
오늘 너를 사서
내 품에 꼭 안고 간다

가을산을 지나다

산아
가을산아
온몸이 펄펄 끓어오르는
가을산아
네게 몸을 기대고
첫사랑의 속삭임을 듣는다
늘 불타는 줄만 알았던
우리의 사랑
오색으로 물든 나뭇잎들
갑자기 내려치는 바람에
우수수 우수수 떨어져 내리고
몰아치는 찬비에
가을 산불은 마침내 다 꺼져
흰 눈 속에 묻혀 버린
우리의 사랑
이별의 슬픔을 듣는다

이종승 作 〈Chaos-trace 4〉

지난 여인

목련꽃같이 밝은 너는
지난 여인이었다

초록색 꿈에 뒤덮여 있는
여름에 성숙한
미래의 기대감으로 즐거워하던 너는
지난 여인이었다

슬픔과 추억으로 깊어져
이렇게 여정을 절망으로 표현하고 있는
지난 여인이었다

빛바랜 흑백사진처럼
퇴색해 버린 시간을 바람에 날려 보내고
신기루 같은 옛 추억을 눈 속에 묻어 둔

지난 여인이었다

소리쳐 부르고 잡고 싶은 마음도
허공에 날려 보낸
지난 여인이었다

이별 후

너와 함께 나눈 봄볕은 더욱 따스했고
여름 바다는 더욱 푸르렀다
네가 떠나리란 걸 알지 못했다
가다가 다시 돌아오리라 기다렸다
돌아오고 있다고 믿고 싶었다
그저 밋밋하게 스친 일상들이
꼬리에 꼬리를 물고 떠올랐다
그럴 줄 알았다면 더 잘할 걸
그러나 모두 고개를 저었다
물 만난 물고기처럼 떠돌면서
너는 옛길을 이미 버렸다고 했다
여태 미루었던 말을 꺼낸다
너와 함께 나눈 가을은
내 삶 한 칸에 오색 단풍든 세월
잊지 못할 선물이었다고

제4부

자연

층꽃나무

이런 산 속에
구층 아파트라니
인부들도 없이 혼자
봄부터 가을까지
한 층씩 쌓아
별처럼 떠 있네요

한 동네에 살아도
꿈꾸는 일이 달라서
누군가 땅뺏기에 빠지면
오직 땅에 눈을 박고 살고
덩굴로 뻗어가는 이는
기댈 등만 바라보며 살지요

그대는 시인

더 먼 곳까지

더 높은 데까지

세상을 바라보느라

별빛 층계를 쌓았네요

분양 받을 이도 없는

이 첩첩산중에

호수

개울물처럼 말하지 않아도
춥고 더운 것 다 안다
네 속에 일어나는 생각
조용한 흔들림

바다처럼 온몸 출렁대지 않아도
느낄 수 있다
네 속에 일어나는 일
그윽한 떨림

흐르지 않는다고
길을 모르랴
넓지 않다고
하늘을 모르랴

네가 다독이는
바람 부는 들판
네가 다독이는
고요한 눈물

개미취

앞과 뒤
아니면 옆의 옆에까지
쉴 새 없이 가서 달라붙고 엉기어
몸집을 불리는 넝쿨이
슬그머니 자취를 감추었다

넝쿨 땜에
가려서 보이지 않던 곳에
개미취가 해바라기를 하면서
혼자 그러나 때로는 함께
푸른 길을 새로 만들었다

봄에서 가을까지
갖은 꽃들이 기승을 부릴 때도
가만히 속을 채웠으니

밀려 오는 찬 바람에도
전혀 밀리지 않는다

무심히 길을 가다가도
마주치는 이런 저런 거울에
한 번씩은
자신을 비춰 보기도 하며
숨은 길을 찾아낸다

이종승 作 〈Chaos-trace 5〉

석촌호수

가까이에서 왔다 갔다 하던
날개가 있는 새들은
많이 떠나갔다
나는 여기 있다
앉았다 섰다 제자리걸음이고
오래 흐르지 않았다

담 너머로 손짓하는 바람 따라
물가를 천천히 맴돌며
내미는 손들을 잡는다
종종걸음으로 몰려오는 풀꽃들
그 위에 걸터앉은 햇빛의 미소와
가슴에 기대 오는 저 하늘 한 자락

동백꽃

엿가락처럼 늘어지는
찐득한 여름 해를 붙잡고
신나게 돌아가는 꽃판에서는
너를 볼 수가 없었다

올해도 산으로
불구경 나온 사람들을 따라
이 숲 저 숲 뒤지고 다녀도
너를 찾을 수가 없었다

거센 파도소리만 들끓는
외딴 섬의 변두리
벼랑 위에서
기다리고 있다니

찾아 헤매는 것은

언제나 멀리서 손짓하는

붉게 피는 웃음

붉게 지는 눈물

가뭄

꽃들이 제 얼굴을 뽐내고
나무가 제 몸매를 자랑하는
푸른 오월인데
한 발 앞서 끼어드는 여름이
몸에 물기를 슬쩍 거두어간다
쇠창살 울타리를 넘는
찔레의 몸부림이
오늘은 더욱 결사적이다
몇 번은 왔어야 할 비는
아무 소식이 없고
아지랑이 어른거리는 먼 산
목이 타는 마른 바람은
갈증의 푸념만 내뱉는다

이종승 作 〈Chaos-trace 6〉

솔가리

—겨울, 솔숲에서

저 푸른 솔숲을 보라

가을 내내 왁자지껄 떠들며

화장한 얼굴을 뽐내던 단풍들은 없다

별별 감언이설의 고개도 아랑곳없이

이제 엄동설한과도 친구 삼아서

꼿꼿한 척추가 받치고 있는

푸른 기상을 보라

겨울 솔숲을 걸어보라

그리고 숲길을 덮고 있는 솔가리를 보라

수수하기만 한 그들만의 단풍은

오래 솔숲에 남아

툭툭 불거진 뿌리의 혈맥들을 덮고

우리의 발밑을 폭신하게 적시는

갈빛의 온기를 보라

소신공양

자리끼를 찾다 보니
까만 점 같은 것이 움직인다
가만히 들여다보니 개미떼다
손자가 흘린 과자부스러기
그걸 나르는 중이다
우연히 버린 것들이
누군가의 밥이 되는구나
누군가의 목숨이 되는구나

먹이를 잡아내는 저 더듬이
부단히 갈고 닦는 노력과
몸보다 큰 먹이를 나르는
고단한 노동으로
저 작은 몸뚱이를 지켜가는구나
'그래 함께 살자'
내일은 좀 더 큰 먹이
빵부스러기를 흩어놓아야겠다

이종승 作 〈Chaos-trace 18〉

단풍

산은 나무들의 치마폭에
불씨를 숨겼다가
한꺼번에 태우나 보다
여기저기 연기도 없는
방화가 시작됐다
바른 소리고 하고 싶었겠지
목구멍 치미는 억울함도 있었겠지
밤새 뒤척이는 외로움도 있었겠지
꾹꾹 눌렀던 모든 생각들은
한꺼번에 폭발했다
아무도 끌 수 없는 불길이
이 산 저 산 옮겨가며 치솟는다
미련 없이 모두 지우고 가려나 보다
먼 곳에서 말 없이 산이 살았다고
세상을 향해 소리치나 보다

장마 속에서

오뉴월 한을 품고 돌아서는
여인의 마음인가
비는 애초에 우리들의 친구였다
목마른 대지를 쓰다듬던 그가
하루아침에 먹물을 뿌린다
떠도는 게 바람뿐이랴
둑이 무너지고 물이 넘쳐
세상의 길을 끊어 버리니
여기 저기 섬이 된다
산천도 사람도 제각각 떠돈다
물 안에 갇힌 저들과
물 밖을 서성이는 우리들
다 같이 손을 잡아
허물어진 다리를 세우고
사라진 믿음의 뿌리를 찾아

원래의 자리에 더 깊이 묻어야 한다
'넘치기 전에 모자라듯 삼가하면서'
다시 친구가 되어 찾아 올
비를 기다려야 한다

눈

한동안 바라보기만 하던
먼 곳의 불빛을 쫓아
생각 하나로
문득 날아왔지만
나무 가지마다 흰 꽃을 피우고
빌딩의 대머리에 모자를 씌워주고
무늬를 그리지만

다가오는 누구인가
따뜻한 마음을 열면
그냥 물이 되고 마는
그는

차가운 거리나 허공을
혼자 떠도는

외기러기
누구 곁에도
오래 머물지 않는
지상의 나그네

반딧불이

남한산성 골짜기에서는
여름도 별수 없이
계곡에 온몸을 빠뜨리고
서늘히 누워 있다
한바탕 먹고 자고 일어나면
어둑한 숲 속
나뭇가지 사이에서
하나씩 둘씩 별이 떠오른다
별은 삼삼오오 춤을 춘다
유년에는 가까이에서 떠돌더니
맑은 공기를 찾아
어찌 이리 멀리 와서 사는가
깜박 깜박 머리 속에
불이 켜질 때마다
어둠에 숨겼던 첫사랑도
아무도 없는 개울을
주저없이 건너다니고 있다

이종승 作 〈Chaos-trace 17〉

이웃집

그 집은
키 큰 이웃집들에 파묻히듯
제일 키가 작았지만
마당에는 꽃나무들이 가득했다

베란다에서 내려다보면
꽃나무 손질을 잘 해서
내려다보는 풍경이
그림 같았다

마당이 넓었던 집
그 동안 땅값이 올라서
빌라를 짓겠다는
새 주인 손에 넘겼다

나무들은 몰라보게 수척해졌다
뽑혀 나갈 걸 짐작하는지
돌보는 손길이 떠나자
시름시름 앓는 중이다

봄밤에

진달래 손잡고 따라가다 보면
고향 뒷동산에 가 있고
개나리 뒤 따라가다 보면
고향집 대문 앞에 서 있고
목련 앞에서 서성거리다 보면
어느새 그 툇마루에 앉아있네
이 꽃들 몽땅 가슴에 넣어두고는
봄밤 넘기기가 쉬운 일 아니네
친구들 있는 대로 불러모아
슬슬 판돈 잃어주며 화투판을 벌일까
막걸리 잔에 옛사랑을 품을까
이도 저도 다 그만두고
시 한 수에 매달려 밤을 새울까
봄밤은 유정하여 온몸 들썩이네

진달래

이름난 명소마다 꽃구경
사람들의 발길이 한창인데
어쩌다 외진 산기슭에서
먼 마을을 바라보며
고요히 웃는 꽃이여
봄이라고 다 똑 같은 봄일까
발걸음 소리도 죽이고
소문 없이 왔다 가는 봄인데
뛰는 심장만큼은 어쩌지 못해서
혼자 피우는 봄
소란에 들썩이지 않고
허명에 들뜨지 않고
그래서 더욱 청순한 꽃

공원에서

그제까지도 꽃샘바람 사납더니
봄빛 아래 무릎 꿇었네
목까지 채운 단추 살짝 풀어놓고
공원으로 나들이 나왔네
산수유 얼굴에서 노란 솜털 보송보송하고
진달래 빨간 입술 방긋 벌어지네
나는 무슨 꽃인가
나도 모르게 뜨거워지는 속
저 꽃들과 다투기도 하려는지
봄빛에 얼굴 내밀고
주책없이 두근거리네

꽃샘바람

꽃망울 주위로
바람이 몰려 온다
바람은 꽃을 웃기려고
있는 힘을 쏟아 보지만
고개를 돌리며
꽃은 더욱 입을 꼭 다문다
곁에 있어도
너무 먼 그들 사이를
풀어주지 못한 채
바라보고만 있는 봄
발을 동동 구른다

이종승 作 〈Chaos-trace 23〉

어머니

바쁘게 다니느라
어쩌다 끼니를 거르면
'어서 밥 먹어야지' 성화에
하루 일을 마치고
귀가를 서두르다 보면
'밤길 조심해' 하며 따라오신다
아무에게도 알리지 않고
병원에 들렀는데 또 어찌 알고
'쯧쯧, 많이 아프냐' 며 아파하신다

'애야, 일할 만큼 했으니
볼 것 보고 먹을 것 먹고
마냥 기쁘게 살아라'
세상 뜨신 지 언젠데
그 먼 길 달려와
아직도 곁에 맴돌며
번번이 늙은 자식 걱정이시다

잘 먹고 잘 삭혀야 하는데

젊은 날엔
잘 먹는 것만으로 그만이었다
먹는 대로 소화되었으니
오죽하면 '쇠도 삭힐 나이'라고 할까

나이 들수록
잘 삭히는 데 신경을 쓴다
내보내지 않으면
무엇을 먹을 수 없다

건강검진으로 내시경을 할 때
잘못 받아먹고 배탈난 고위인사들
뉴스에 가끔 오르는 걸 봐도
일단 가려 먹고, 잘 삭혀야 한다

점점 시력이나 치아가 약해지는데
말하자면 덜 보고 덜 먹으라는데
예쁜 꽃 앞에서 절로 발이 멈추고
단 것 앞에서 침부터 흐른다

설악산아 말해다오

위엄있고 청명한 아름다운 산
계절대로 어우러져 절색이 장엄한 산
우리의 사랑이 이 계곡 저 계곡에 묻어 있어
내 가슴에 깊이 박힌 행복했던
그 사람이 보고 싶구나 높은 설악산은
그 사람을 보고 있겠지 말해다오
그 사람 사는 곳을 설악산아 말을 해다오

위엄있고 청명한 아름다운 산
계절대로 어우러져 경치가 장관인 산
우리의 사랑이 이 골짝 저 골짝에 배어 있어
내 머리에 깊이 박힌 행복했던
그 사람이 보고 싶구나 높은 대청봉은
그 사람을 보고 있겠지 말해다오
그 사람 사는 곳을 대청봉아 말을 해다오

제 **5**부

고향

불 켜진 집/ 징검다리를 생각하며/ 어떤 목숨/ 나팔꽃 속삭임/ 여름밤
그 집 꽃밭/ 석공/ 오가는 생각/ 슬픈 봄비/ 안부/ 빈 집/ 사월 초파일에/ 가로등/ 넝쿨에게/ 집
친구 생각/ 길 밖에서/ 외식/ 간이역에서/ 밤꽃 피었다/ 이 땅에 새긴 발자취여

불 켜진 집

햇빛이 세상을 지킬 동안
이런 저런 일하다가
사무실 창에 어리는 노을
무사하게 일과를 끝냈다는 안도감

뒤죽박죽 생각에 몰리거나
아파서 밤새 뒤척이다가도
창 밖에서 밝히는 여명에
기적같이 개운해지던 몸

해 뜨고 해 지고
봄 오고 겨울 오고
그 어떤 누구도
그 큰길 밖에서 살 수 없다

오늘밤의 어둠을 밝혀 드는

수많은 등(燈)을 지나

내 발길이 머무는 곳에

아내가 밝혀둔 단 하나의 불빛

징검다리를 생각하며

우리 강산 어디에든
쭉쭉 뻗은 도로와 잘 통한다
강물이나 바다 위로도
거침없이 달릴 수 있는
다리가 긴 다리로 서 있다

이웃 동네에 왕래하라고
온몸 엎드려
넙죽 등을 내밀던
징검돌은 숨어 버렸다
징검돌 밟던 사람들도 떠났다

이제는 누군가를 받쳐 주려고
고개를 숙이지는 않는다
뻗은 길 위를

누구보다 더 빨리 가려고
등을 꼿꼿이 세우고 달린다

사람도 휙휙 날아다니다 보니
풍경도 오래 머물지 않고
휙휙 달아난다
떠난 사람들 생각하는 날은
물소리 밟으며 징검돌 딛고 싶다

어떤 목숨

보도블럭 사이에 태어난 그는
발바닥에 맑은 물 고이는
황토가 고향이라는 걸 모른다
눈 떠서 감을 때까지
시멘트 속에 갇혀 있다 보니
한껏 몸부림쳐도
헤어날 도리 없다는 걸 안다
사정없이 째려보는 해의 눈살에
온몸이 찔려 녹초가 되지만
비에 온몸 푹 젖거나
바람이 머릿결을 쓸어줄 때는
그 바닥에서
푸른 숨결을 내뿜을 수 있는
유일한 존재라는 걸
모두 다 알고 있다

나팔꽃 속삭임

아침이면 창문에 매달려

잠을 깨우던 그 많은 나팔들

다 어디로 갔을까

누가 다 갖다 버렸을까

동네친구랑 오대산 가는 아침

알람이 귀속을 카랑카랑 쪼아댄다

창문에 입을 대고

보라색 청색 분홍색 앙증맞은 입술이

불어대는 나팔소리

그곳 너무나 멀리 지나왔는데도

여름날 아침이면

어디 숨었다 튀어나와

한 번씩 가슴 속에서 운다

여름밤

오후 4시쯤
뒤늦게 잠에서 깨어
분꽃은 분 바르고 연지 찍고
사립문께 옹기종기 모여앉아
작은 입들 활짝 벌려
바깥 친구들 불러 모은다
어디선가 간절한 소리 듣겠지
부르는 소리 들었으면
달맞이꽃은 이 길로 곧장 오겠지
먼 길 오다가 어두워지면
달빛 손잡고 오겠지

이종승 作 〈Chaos-trace 24〉

그 집 꽃밭

낮은 담 위에 얹은
좁다란 꽃밭이었다
처음 그 골목 지나갈 때
개나리를 보았고
봉선화, 금잔화, 국화와
차례로 마주친 것 같다

어느 날부터
무지갯빛 꽃들이 물러가고
상추니 깻잎이니 고추가
초록으로 반짝거릴 때는
그나마 어릴 때의 고향
텃밭 언저리를 숨쉬었다

한참만에 그 집 앞 지나는데

배추에 물을 주는 할머니와
구석에 채송화 한 뿌리를 보았다
지렁이같이 꿈틀대는 줄기들이 묽은
생글거리는 노랑 얼굴들
텃밭 속 꽃밭을 보았다

이종승 作 〈Chaos-trace 9〉

석공

어릴 때는
돌멩이를 가지고 놀았다
돌멩이를 쌓아
그때마다 원하는 걸 만들었다
어른이 돼서는
돌에 파묻혀 살아간다
돌을 깨고 파고 다듬어서
고객의 주문에 따른다
석수쟁이 삼십 년을 지나
이제야 깨달은 게 있다
꿈을 다 이루는 건 아니다
그래도 잃어버린 꿈을 찾는 듯
돌에 온 힘을 쏟아붓는다

오가는 생각

길 가다
건축현장을 만나면
한참을 기웃거린다
오래 빈 터로 있던 거기
어떤 집이 솟구칠까

햇빛과 물과 바람의
갖은 자연의 화음 속에서
온갖 풀들이
태어나는 그 땅에서
인간들은 지혜의 손을 모아
거주지로 바꾼다

옛날에는
작은 집이 자연 속에 들었는데

지금은 거대한 집들이
그들이 살던 흔적을
뿌리채 뽑아내고
당당히 들어선다

이종승 作 〈Chaos-trace 1〉

슬픈 봄비

오래 남아있던 빈터에
집이 들어서고 나서부터
봄비는 할 일이 없어졌다
언 흙을 녹여서
풋것들의 잠을 깨울 일도
민들레나 제비꽃의 마중도
물 건너가 버렸다
지붕 위에서 머뭇거리다가
아스팔트 위로 뛰어내려 보지만
그날의 추억과 오늘의 희망
유리처럼 산산조각이 나서
오가는 무심한 발에 밟힌다
숨 쉰다고 다 목숨이랴
피끓는 목숨들과 부대껴야지
흐느끼면서 귀촌(歸村)을 생각한다

안부

비 오면 우중충해지는 너의 동네
군데군데 젖어드는 너의 방처럼
물젖는 네 얼굴
이번 우기도 너를 쓸어내지 못했다
네가 보내준 안부에는
빨강, 하양, 분홍, 갖가지 코스모스
점점이 푸른 하늘에 떠 있고
텃밭에 배추도 속이 차오른다고
네 웃음에도 살이 붙었구나
한여름 물 젖어서 안쓰럽고
가을에는 개여서 안심이네
속사정 나눌 수 있는 사람
이 세상에 몇이나 되든가
안부 따라 흐렸다 개였다 하면서
이렇게 먼 길 함께 가는 거네

빈 집

그들 금술은 동네에서 소문났다

손 꼭 잡고 다니던 그들

몇 년 전 할머니가 쓰러지고는

할아버지가 시들시들해지더니

집보다 병원에서 더 많이 지낸다

집주인인 딸이 집을 팔고

세입자들을 다 내보냈다

집은 곧 헐리고

새 집으로 거듭날 것이다

오순도순 또는 시끌벅적하게 살아가던

흔적은 말끔히 지워질 것이다

바깥 것들을 하나씩 채워

내장비만을 만드는 우리들의 집

모든 걸 숨겨두는 껍질이지만

우리의 영원한 지킴이는 아니다

사월 초파일에

오월의 산
아카시아꽃 구름처럼 떠 있고
그 사이 사이로
연등이 줄줄이 꽃처럼 피어나
부처님 오시는 길을 밝힌다

연등은 도심의 거리에서도
달빛처럼 피어나
휘황찬란한 네온사인 속에서도
헤매며 허둥거리는
눈 뜨고도 못 보는
중생들 서툰 발걸음을 잡아준다

누가 부리고 간 게 아니다
스스로 마음의 곳간을 열고

탐욕과 시샘, 미움과 모함
조금씩 채워둔 어둠 아닌가
그래서 깜깜해진 것이다

꽃과 신록이 눈부신 계절에
부처님을 맞아
음습한 곳간을 열어
어둠을 몰아내고
말씀의 빛으로 씻으리

가로등

고향역 플랫폼 가로등
지나치는 세월을 흘기며
온 종일 그렇게 서 있다

넝쿨에게

무엇이든 눈에 잡히면

손에 움켜 잡을 때까지

흙바닥이든 울타리든 그 무엇이든

주저없이 달린다

집을 두고도 한뎃잠을 자며

타관으로 떠돌며

그래서 무엇을 얻었느냐

젊음 몇 말은 되겠다만

그래서 춤과 노래는 펼치겠다만

세월에 무릎 꿇을 날도 오리니

주먹 쥔 손 자꾸 펴면서

너무 앞서가지 말고

조심성 있게 조금 살펴서 가라

집

혼자 와서 혼자 가는데
처음부터 그걸 알고 있으면
누구라서 살아볼 맘이 생길까

신이 인간에게 덕을 베풀어
혼자를 잊게 한 건 가족과 함께 살게 한
울타리 둘러친 집

뭘 좀 아는 사람은 가정을 세우려고
자신의 뼈로 집의 기둥을 세워
온힘으로 버티는데

집이 오직 껍질인 줄만 알고
내 질 짐 식구에게 다 떠넘기고
혼자 헛바람만 치던 통뼈는
굴렁쇠마냥 오직 혼자 구를 뿐이다

친구 생각

아직도 나는 꿈이 남았는데
친구나 이웃이 하나씩 이 땅을 떠난다
사느라 바쁘게 달려 왔으면
이제 느긋이 숨돌릴 때 되었건만
가족끼리, 친구끼리, 이웃끼리
땀 흘려 가꾼 것 누릴 때도 되었건만
이제 천천히 걸어가도 될 일인데
붙잡는 이 다 뿌리치고 혼자서만 날아간다
정든 사람들 여기 다 있는데
누가 기다린다고 저리 서둘러 가는가
이 지루한 장맛비 오는 날에는
탕 하나 앞에 놓고 소주잔 기울이며
구불구불 걸어온 길 돌아보고
어떤 허튼 소리도 허물이 없는
옛 친구를 기다린다

길 밖에서

골목 귀퉁이에
화분 몇 개가 뒹군다
한때 누군가의 빛이 되었을
누군가의 향기가 되었을 꽃
몸은 말라 비틀어지고
그래서 버려지고
영하의 날씨에 얼어 있다
목숨을 끊은 건
보던 눈길이 하나씩 떠난 후
돌보던 손길이 하나씩 떠난 후

이미 오래 전이었다
누군가
기억이 아물아물하다
아까부터 슬픈 눈으로
나를 처다보고 있는 사람

외식

차에 갖가지 풍경을 싣고 달리다
손짓해 부르는 단골집에서
밥상을 받는다
제 철 옷으로 멋을 낸 나무들이
다투어 창으로 뛰어들며
먼저 눈요기를 채워 주고
제 철 맛을 낸 반찬들이
너부죽 엎드려 반긴다
먹기 위해 종종걸음 친
그 세월을 건너와
이제 살기 위해 먹는
한 끼의 이 느긋한 밥상 앞에서
있는 듯 없는 듯 부엌을 지키며
종종 들이치는 비바람을 막은
아내의 노고를 생각하고
아직도 내게 남은 여유
바깥세상을 맛보게 한다

간이역에서

기차는 이제 서지 않는다

떠날 사람도 없고

내릴 사람도 없다

낡아가는 간이역 둘레

흩뿌리고 간 누구의 기억들인가

끊임없이 꽃들은 피고 진다

우리는 알고 있다

떠나고 싶은 내일이

아직 여기 머무르지만

기차는 이제 오지 않는다

실려간 어제처럼

한 번 떠난 사랑은

더 이상 돌아오지 않는다

밤꽃 피었다

어느 하늘 밑
봄꽃들이 무지개처럼 걸렸다 가면
그 어이없는 이별에 울면서
남정네들 몽땅 산으로 올라가고 말았는가
그러니까 산마다 이두박근 삼두박근
불끈불끈 초록 화산으로 용틀임할 때
무슨 일 대낮에도 벌어졌다
마을까지 내려오는
감출 수 없는 비밀의 덜미
바람 없어도 잡힌다

이 땅에 새긴 발자취여…

'땅에 심고 거두는…' 목숨의 길은

예나 지금이나 하나라

살곶이벌 채소밭은 도시화로 밀려났지만

그들 흙 묻은 손을 꼭 잡아주고

새 삶의 터전에 등불을 켜준 친구

농업협동조합의 걸어온 발자취여

1965년 '새농민운동'을 펼치며

정부의 '농지개혁' 추진에 앞장서 온 중앙농협

이 땅에 가난 대신 풍요의 꿈을 심기 시작했다네

정부의 '새마을운동(1970~1980)'이 시작되던 때

1972년에 성동지소가 이 관할에 발을 디디면서

성수, 신천, 중곡, 자양의 개소에 이어

군자, 구의, 옥수, 건대역, 서중곡, 동잠실, 금호지소로

뻗어 나간 성장이여

또 농산물 수입개방에 맞선 '신토불이운동' 은
'몸과 땅은 하나' 라는 농산물 애용으로 번지고
농업인에게 소득증대, 도시민에게 안전농산물을 안긴
'농촌사랑운동' 의 지름길이어라

오늘 40주년의 황금물결치는 이 들판에서
이 땅의 주인이 누구인가를 보리라
이 땅의 모든 기쁨과 슬픔을 붙들고 살아온
우리네 아버지의 아버지와
우리네 어머니의 어머니가 아닌가
오늘도 '새 농촌 새 농협운동'으로 땀 쏟아내는
중앙농협의 힘찬 발걸음 따라
앞으로 펼쳐갈 역사 더욱 창대(昌大)하리다

손민수 시집
삶의 그림자

·

지은이 / 손민수
발행인 / 김재엽
발행처 / **한누리미디어**
디자인 / 지선숙

·

121-840, 서울시 마포구 서교동 395-13 서원빌딩 2층
전화 / (02)379-4514, 379-4519
Fax / (02)379-4516
E-mail/hannury2003@hanmail.net

·

신고번호 / 제300-2006-61호
등록일 / 1993. 11. 4

·

초판발행일 / 2012년 8월 20일

·

ⓒ 2012 손민수 Printed in KOREA

·

값 13,000원

·

※잘못된 책은 바꿔드립니다.
※저자와의 협약으로 인지는 생략합니다.

·

ISBN 978-89-7969-428-4 03810